Aninha conta mentiras

EDWARD T. WELCH
Organizador

JOE HOX
Ilustrador

Dados Internacionais de Catalogação na Publicação (CIP)
(eDOC BRASIL, Belo Horizonte/MG)

W439a   Welch, Edward T., 1953-.
    Aninha conta mentiras: quando é difícil falar a verdade / Edward T. Welch; ilustrações Joe Hox; tradutora Meire Santos. – São José dos Campos, SP: Fiel, 2022.
    32 p. : il. – (Boas-novas para os coraçõezinhos)

    Título original: Gwen tells tales
    ISBN 978-65-5723-212-5

    1. Crianças – Conduta – Aspectos religiosos. 2. Literatura infantojuvenil. I. Hox, Joe. II. Santos, Meire. III. Título. IV. Série.
    CDD 028.5

Elaborado por Maurício Amormino Júnior – CRB6/2422

Criação da história por Jocelyn Flenders, uma mãe que faz ensino domiciliar, escritora e editora que mora no subúrbio da Filadélfia. Formada no Lancaster Bible College, com experiência em estudos interculturais e aconselhamento, a série "Boas-novas para os coraçõezinhos" é sua primeira obra publicada para crianças.

Aninha conta mentiras: Quando é difícil falar a verdade

Traduzido do original em inglês
Gwen tells tales: When it's hard to tell the truth

Copyright do texto ©2021 por Edward T. Welch
Copyright da ilustração ©2021 por por Joseph Hoksbergen

Publicado originalmente por
New Growth Press, Greensboro, NC 27404, USA

Copyright © 2021 Editora Fiel
Primeira edição em português: 2022

Todos os direitos em língua portuguesa reservados por Editora Fiel da Missão Evangélica Literária.
Proibida a reprodução deste livro por quaisquer meios sem a permissão escrita dos editores, salvo em breves citações, com indicação da fonte.

Todas as citações bíblicas foram retiradas da Nova Versão Internacional (NVI), salvo quando necessário o uso de outras versões para uma melhor compreensão do texto, com indicação da versão.

Diretor: Tiago J. Santos Filho
Editor-chefe: Vinicius Musselman
Editora: Renata do Espírito Santo T. Cavalcanti
Coordenação Editorial: Gisele Lemes
Tradução: Meire Santos
Revisão: Renata do Espírito Santo T. Cavalcanti
Adaptação, Diagramação e Capa: Rubner Durais
Design e composição tipográfica capa/interior: Trish Mahoney, themahoney.com
Ilustração: Joe Hox, joehox.com
ISBN (impresso): 978-65-5723-212-5
ISBN (eBook): 978-65-5723-207-1

Impresso em Abril de 2024, em papel couche fosco 150g na Hawaii Gráfica e Editora

Caixa Postal 1601
CEP: 12230-971
São José dos Campos, SP
PABX: (12) 3919-9999
www.editorafiel.com.br

"Portanto,
cada um de vocês deve
abandonar a mentira
e falar a verdade ao
seu próximo, pois todos
somos membros de um
mesmo corpo."

Efésios 4.25

A guaxinim Aninha amava as manhãs de segunda-feira.
Ela as amava porque segunda-feira
era o primeiro dia de escola da semana,
e lá Aninha era conhecida como a aluna do quarto
ano mais inteligente da Campina das Amoreiras.

Nesta manhã de segunda, enquanto Aninha
e seu irmão mais velho, Gustavo,
estavam ao redor da mesa para o café da manhã,
mamãe deu um aviso.

— Espero que vocês dois se lembrem de que hoje à noite o Papai e eu temos nosso jogo de acerte o alvo. Nós receberemos todos os jogadores da Campina das Amoreiras no quintal.

Gustavo esfregou os olhos e perguntou:
— Que horas vai terminar?

Mamãe colocou uma tijelinha com frutas sobre a mesa.
— Às vinte e uma horas, e vocês dois já devem estar na cama neste horário.

Mamãe continuou:
— E, Aninha, antes que eu me esqueça, amanhã é o seu grande teste de matemática. Eu sei que o Papai tem lembrado você de estudar, mas hoje à noite é sua última oportunidade, então nada de telas!

Logo após o jantar, Mamãe ficou em frente ao espelho praticando a expressão facial que faria no jogo.

Papai estava aquecendo seu braço lançador. Logo seus amigos chegariam.

— Boa sorte, Mamãe! — disse Gustavo
— Tenho certeza de que vocês vencerão novamente. Talvez desta vez até consigam quatro pontos e possam assinar o placar.
Papai exclamou:
— Quatro pontos no buraco em um jogo? Isso seria incrível! Ela tem praticado o tempo todo! Isso podia acontecer nesta noite!

Mamãe viu seus convidados chegando pelo caminho.

— É hora do show! — gritou ela, enquanto corria para a porta. Papai a seguiu de perto.

Aninha olhou pela janela até ver Mamãe segurar seu saquinho de milho favorito.
— Perfeito! — cochichou ela e virou-se para a base de conexão do seu tablet.
— Na hora certa para jogar *Balderdash*!

— Ana! — disse Gustavo — a Mamãe falou nada de telas hoje à noite. Você deve estudar!

— Gustavo, até a Mamãe e o Papai estão jogando. Além disso, eu *sempre* tiro as melhores notas sem nunca estudar.

— Bom, eu sei que *eu* preciso estudar. Tenho que trabalhar no meu projeto de Ciências.

Aninha colocou o alarme sobre sua mesa para despertar às 20h45 e estar na cama antes que Mamãe e Papai chegassem. A última coisa que queria era se meter em encrenca.

Quando o alarme disparou, ela colocou o aparelho rapidamente na base e correu escada acima. Ela e Gustavo pentearam seus pelos e escovaram seus dentes.

— Boa sorte amanhã — disse Gustavo. Aninha colocou sua escova de dentes em seu copo.

— Eu não preciso de sorte. Eu sempre consigo a nota máxima!

Eles deram uma olhadinha
pela janela e viram Mamãe assinando
o placar de acerte o alvo!
Todos estavam aplaudindo.

Mamãe havia jogado todos os quatro
saquinhos no buraco!
Agora ela era a primeira do seu time a
acrescentar seu nome aos outros que
haviam conseguido quatro buracos.

— Nós nunca ouviremos o fim disso
— resmungou Gustavo enquanto
subiam para suas camas.

Na manhã seguinte, durante o café, Mamãe e Papai ainda estavam sorrindo e falando sobre a incrível vitória da Mamãe.

— Todo aquele treino valeu a pena! — disse papai.

A Mamãe só sorria.
Vencer era demais!
Valeu a pena todo o trabalho.

Papai perguntou a Aninha como ela se sentia sobre o teste de matemática.

— Depois de estudar na noite passada, será muito fácil! — disse ela.

Na escola, tudo ia perfeitamente bem até que a senhorita Marluce distribuiu os testes. Aninha piscou para suas amigas Laura e Zoe, mas quando olhou para o teste, se sentiu completamente perdida. A senhorita Marluce já havia ensinado isso antes? Como ela podia subtrair números maiores de menores? Ela olhou ao redor para a classe — todos os outros alunos estavam escrevendo sem parar — como se soubessem todas as respostas.

Oh, não!
Pensou Aninha.

De repente, ela se lembrou de que havia ficado doente por dois dias na semana anterior.
— A senhorita Marluce deve ter ensinado isso enquanto eu estava em casa.

Agora ela realmente desejava ter estudado!

No final da aula, a senhorita Marluce devolveu os testes aos alunos.
E então, como sempre fazia, escreveu o nome do aluno com a maior nota no quadro.
Desta vez foi Henrique, o ouriço. Os meninos urraram!

Laura e Zoe correram para o lado de Aninha e exclamaram:
— O que aconteceu? Você sempre ganha a nota mais alta!
Aninha enfiou rapidamente o teste em sua mochila e disse:
— Eu achei que seria bom dar a oportunidade para outra pessoa desta vez.

Voltando para casa, ela puxou o teste e leu novamente as palavras da senhorita Marluce:
"Nota vermelha. Os pais devem assinar."

Aninha correu o restante do caminho para casa.
Ela explodiu porta adentro e correu escada acima.
Gustavo estava em seu quarto, terminando seu projeto de Ciências.

Aninha segurou seu teste e gemeu;
— Agora, o que vou fazer?
Eu não posso pedir para a Mamãe assinar isso!
Ela ficará tão desapontada
e ficará sabendo que eu estava online!

— Nossa! — suspirou Gustavo,
talvez você devesse ter estudado!

Aninha concluiu rapidamente
que ela teria que resolver esse
problema sozinha.

Ela se escondeu rapidamente no canto
do seu quarto, escrevendo
cuidadosamente
a assinatura da Mamãe em seu teste.

No começo, Aninha se sentiu aliviada.
Ela não ficaria em apuros.
Ela podia simplesmente esquecer
que tinha recebido uma nota vermelha e,
da próxima vez, faria questão de estudar.

Na verdade, ela se sentiu mal
por copiar a assinatura da
Mamãe, mas lembrou a si mesma
de que isso nunca aconteceria
novamente.

Foi somente muitos dias depois,
quando a família de Aninha encontrou
a senhorita Marluce no mercado, que as coisas ficaram difíceis.

— Senhora Guaxinim! Estou querendo falar com a senhora!
— disse a senhorita Marluce.
— Como está a Aninha depois do teste de terça-feira?

Aninha só tinha um plano:
esconder-se!
Ela pegou alguns maços grandes de couve
e se esquivou debaixo de suas folhas
grandes.

— Ela está bem! Na verdade, ela está logo... — Mamãe olhou ao redor e não pode encontrar Aninha em lugar nenhum. Tudo que ela viu foi uma grande exposição de maços de couve.

Depois de conversar por alguns minutos, Mamãe olhou para trás e ficou surpresa ao ver o laço lilás de Aninha saindo das folhas.

— Aninha, você está se escondendo? — perguntou Mamãe.

Enquanto Aninha tentava sair debaixo das folhas, percebeu que elas haviam murchado e estavam grudando nela como cola!

Enquanto tentava retirá-las, Aninha disse:
— Desculpe, eu estava só... vendo se elas estavam frescas!

— Vestindo as folhas? — perguntou Mamãe.

A senhorita Marluce sorriu:
— Você deve ter visto isso no programa *Melhor Cozinha da Campina!* Às vezes eu assisto a esse programa e vejo que eles têm ideias muito inteligentes. Eu amo como eles testam todas as receitas.

Ela se voltou para a Mamãe:
— Falando em teste, obrigada por assinar o teste de matemática da Aninha esta semana. Eu disse a ela que estou disponível a qualquer hora que ela precisar de ajuda extra.

Mamãe começou a encher sua sacola com nozes pecã e perguntou:
— Quem assinou o teste de matemática dela?

Aninha se afastou vagarosamente,
mas os olhos de Mamãe fizeram ela parar sua trajetória.

Mamãe continuou colocando mais e mais nozes em sua sacola
enquanto a senhorita Marluce respondeu:
— Você assinou, é claro!

Mamãe pegou uma última concha cheia de nozes.
Ao despejá-la na sacola, estava tão cheia,
que derramou toda pelo chão!

— Nossa! Você deve realmente gostar de nozes!
— disse a Senhorita Marluce sorrindo.

Mamãe fechou a sacola e disse:
— Você se importa se nós formos à escola na segunda-feira pela manhã? Isso dará a mim e a Aninha algum tempo para conversarmos.

— Certamente.

Enquanto Mamãe andava apressadamente ajuntando as nozes no chão, a vizinha amiga deles, senhora Esquilo, chegou para pegar frutas.

Ela comentou:
— Vejam só! É a nossa nova e atual campeã de acerte o alvo! Estou surpresa por você não estar em casa praticando!

Mamãe sorriu:
— Oh, não! Dificilmente eu tenho tempo para praticar. Eu estou sempre muito ocupada com minha família, trabalho e... essas nozes!

Aninha olhou surpresa; ela sabia que isso não era verdade. Mamãe jogava Acerte o alvo com Papai quase todas as noites!

Enquanto a família Quaxinim caminhava para casa, Aninha perguntou:
— Mamãe, por que você mentiu para a senhora Esquilo? Você disse que não pratica, mas eu vejo você praticando todos os dias!

Mamãe suspirou e disse:
— Acho que eu queria que a senhora Esquilo pensasse que sou naturalmente boa no jogo de Acerte o alvo. Mas você está certa, Aninha. Isso foi um erro da minha parte. Eu vou consertar as coisas logo que chegar em casa.

— E falando em consertar as coisas, por que você não explica o motivo de a senhorita Marluce pensar que fui *eu* que assinei o seu teste?

Papai entrou na conversa:
— Aninha, você nos disse que a senhorita Marluce ainda não havia devolvido o teste.

Aninha sentiu seu rosto ficar quente. Não era fácil admitir tudo o que havia feito. Mas, de alguma maneira, ouvir a Mamãe dizer que ela estava errada deu a Aninha coragem para contar a verdade também.

— Eu pensei que não precisava estudar, e eu queria jogar *Balderdash*. Eu não queria admitir que desobedeci a vocês, não estudei e fiquei jogando na internet.

— Nossa!
— disseram Mamãe e Papai ao mesmo tempo.

Aninha disse:
— Por favor, me perdoem.

— Eu te perdoo
— disse Mamãe.

— Eu também te perdoo
— disse Papai.

Mamãe disse:
— Sabe, Aninha, seguir Jesus não significa que nós não faremos coisas erradas.

Papai continuou:
— Mas significa que quando erramos, nós pedimos ajuda e perdão a Jesus.

— Algumas vezes é difícil dizer a verdade — Aninha disse suspirando.

— É mais fácil quando nos lembramos de que Deus sempre nos perdoa quando pedimos — disse Mamãe.

Procurando alguns pedaços de papel e um lápis em sua bolsa, Mamãe escreveu:

> Se afirmarmos que estamos sem pecado, enganamos a nós mesmos, e a verdade não está em nós.
>
> Se confessarmos os nossos pecados, ele é fiel e justo para perdoar os nossos pecados e nos purificar de toda injustiça.
>
> 1 João 1.8-9

Ela escreveu uma vez, duas vezes, e, então, três vezes e depois uma quarta vez.
— Todos nós precisamos deste lembrete! — disse Mamãe entregando uma cópia a cada um, e também colocou um em seu próprio bolso.

Aninha leu as palavras do Grande Livro que Mamãe havia escrito e pediu silenciosamente a Jesus que a perdoasse.

Então Mamãe disse:
— Agora vamos para casa comer algumas dessas nozes. Temos o suficiente para todo o inverno!

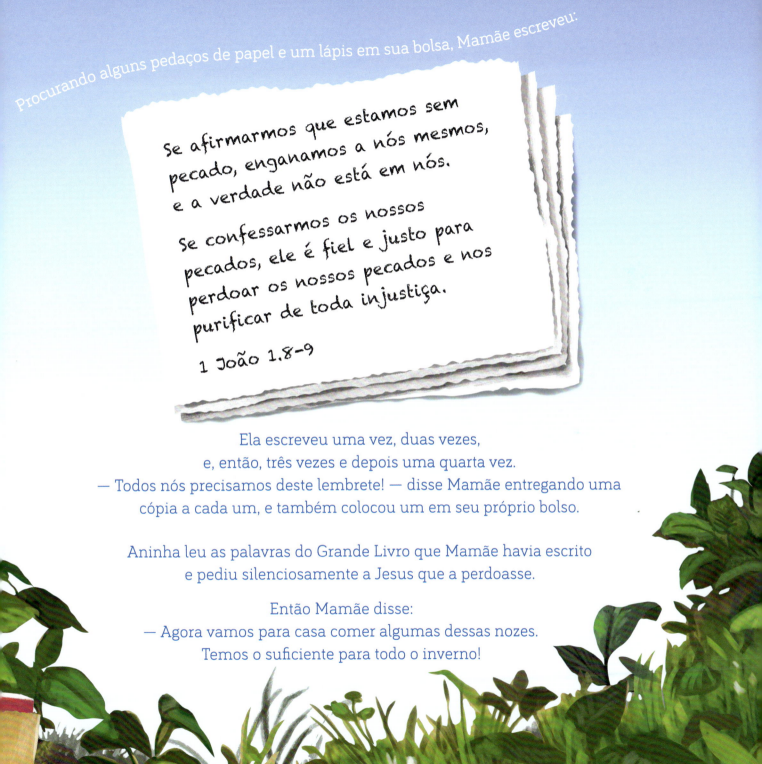

Ajudando o seu filho a lidar com a mentira

Você sabia que honestidade e dizer a verdade fazem parte de viver uma vida abençoada (Sl 34.12-13)? Mas nós ainda mentimos. Por quê? Na maioria das vezes, mentimos porque queremos ocultar alguma coisa. "Eu não quero que você veja isso" — é a lógica da maioria das mentiras. Aqueles que mentem normalmente creem que fizeram algo errado; ou creem que alguém ficará insatisfeito com o que eles fizeram, ou ambos. O errado pode ser pular acidentalmente numa poça quando estava usando sapatos bons. Isso não é necessariamente errado, mas alguém pode ficar chateado. Ou pode ser mais sério: o filho roubou um objeto desejado e não quer devolver. Esta é a aparência do pecado: nós queremos algo e tentaremos conseguir aquilo sem nos importar com o que Deus ou qualquer outra pessoa diga. Quando escondemos, culpar uma outra pessoa é um próximo passo fácil. Nós todos somos especialistas em esconder e culpar.

Mas o nosso relacionamento com Deus e o nosso relacionamento interpessoal são fundamentados no fato de sermos dignos de confiança e honestos. Deus é verdade, então é impossível que ele minta (Hb 6.18). Satanás é o mentiroso (Jo 8.44). Quando mentimos, cremos nas mentiras de Satanás e imitamos suas mentiras. Existe esperança? Sim! Nós podemos aprender a amar a verdade. Nós podemos nos tornar contadores de verdades, porque Jesus veio, morreu e ressuscitou. Em Efésios, o apóstolo Paulo apresenta a nossa nova vida desta forma: "Portanto, cada um de vocês deve abandonar a mentira e falar a verdade ao seu próximo, pois todos somos membros de um mesmo corpo" (Ef 4.25). Falar a verdade e evitar mentiras são uma prioridade para o povo de Deus. Mentiras são divisórias. Elas quebram nosso relacionamento com Jesus e de uns com os outros.

Você não eliminará todas as mentiras do seu filho, mas você pode formar com ele um relacionamento no qual a Palavra de Deus traga a verdade, a verdade seja premiada e haja incentivos à honestidade.

Ajudando o seu filho a andar na luz

Os pais precisam de maneiras sábias para resgatar filhos que mentem. Isso não significa que toda mentira deva ser respondida com um comprido sermão e estudo bíblico; significa que você precisa de um plano.

1 **Desenvolva um relacionamento no qual a verdade seja acolhida.** Expressando de outra forma, não fique irado quando seu filho disser a verdade sobre fazer algo errado ou tolo. Na história que lemos, uma filha na idade do ensino fundamental havia recebido trabalho escolar, o qual ela tinha permissão para fazer online. Aninha sabia as regras da família sobre tempo gasto com tela, mas cedeu à tentação e foi navegar nos sites favoritos dela. Mais tarde, ela se dirigiu aos seus pais e confessou: "Mamãe e Papai, no horário de fazer minha tarefa escolar eu visitei outros sites". Esse é um momento crítico para os pais. Você deve escolher sabiamente. Uma vez que falar a verdade é tão importante na Escritura, ela merece prioridade em sua conversa. A filha escolheu a luz e não as trevas, sabedoria e não tolice. Isso lhe dá a oportunidade de dizer algo como: "Que coisa difícil e sábia! Você disse a verdade ao invés de tentar esconder o que fez". Isso pode ser seguido por algumas perguntas e um diálogo. Por exemplo:

> *Diga-nos como você decidiu nos dizer a verdade.*
> *Como podemos te ajudar quando você for tentada a desobedecer?*
> *Vamos orar. Vamos agradecer a Jesus*
> *e pedir ajuda a ele.*

Imagine o que teria acontecido se você focalizasse primeiramente a desobediência da filha e reagisse com ira. A sua mensagem seria clara: "Da próxima vez, não deixe Mamãe e Papai irados, não fale honestamente, esconda aquelas coisas que causam provocação". A boa notícia para os pais é que deslizes e velhos pecados contra nossos filhos sempre podem ser confessados, e filhos geralmente são bons em perdoar.

2 **Desenvolva um relacionamento no qual seja natural confessar erros.** Os pais esperam guiar seus filhos para longe do mal (engano e ocultação) e em direção ao bem (dizer a verdade e trazer o que está oculto à luz), e existem maneiras de você praticar isso mesmo quando seus filhos não são pegos mentindo. Você pode desenvolver tradições familiares de confessar pecados. "Se afirmarmos que estamos sem pecado, enganamos a nós mesmos, e a verdade não está em nós" (1Jo 1.8). Confissão é o oposto de mentira. Ela fala a verdade. Ela sai para o aberto, reconhece a transgressão e conhece os benefícios do perdão e de relacionamentos restaurados. Ao praticarmos simples confissões de pecado, estamos travando uma batalha contra nossos instintos enganosos.

Uma oração antes de dormir é um lugar natural para isso, embora a confissão não precise fazer parte de todo ritual na hora de dormir — se as crianças obviamente pecaram durante o dia, é melhor que elas confessem naquele horário. À noite, você pode dizer algo do tipo: "Mesmo quando pertencemos a Jesus, nós ainda pecamos, e Deus não quer que encubramos o pecado. Ele quer que o confessemos e, é claro, ele sempre nos perdoa. Ele gosta de nos perdoar (1Jo 1.9). Vamos orar. Eu confessarei... Há alguma coisa que você queira confessar a Jesus?". Lembre-se de que ouvir sua mãe confessar que havia mentido deu a Aninha coragem para confessar também.

Observe como você não está dizendo "Mentir é errado" o tempo todo. Você está dizendo que a confissão é natural e boa. Mantenha o Salmo 32.1-5 em mente. Vale a pena conhecê-lo o suficiente para usá-lo com suas próprias palavras. Por exemplo: "Nós podemos ficar realmente felizes quando dizemos a Deus o que temos feito de errado — ele já sabe o que fizemos, mas é realmente bom dizer

e pedir perdão. Quando tentamos esconder o que temos feito, nos sentimos como se estivéssemos carregando uma enorme caixa de tranqueira. Depois que colocamos isso no chão, nos sentimos muito melhor. É isso que acontece quando contamos nosso pecado para Deus, e sabemos que ele nos perdoa". Falar assim com seu filho cria oportunidades de falar especificamente sobre a morte e a ressurreição de Jesus em favor de nossos pecados. Quando Jesus morreu por nossos pecados, ele de fato tirou aquela caixa de pecados de nós.

Essas duas sugestões lhe dão uma estrutura para conversas. E depois você desenvolverá os detalhes fazendo perguntas. Por exemplo, os amigos dos seus filhos já mentiram para eles? Como eles receberam aquilo? Por que eles pensam que nós mentimos? (Como todo pecado, nós mentimos porque queremos algo que é errado — e ruim para nós). Por que eles pensam que Deus diz que mentir é errado? O que podemos fazer quando estamos com medo de ficar em apuros se dissermos a verdade? Ao conversar, continue lembrando ao seu filho que Jesus está bem ao lado dele — pronto para ajudá-lo a dizer a verdade e a confessar seus pecados quando ele não estiver pronto. Jesus dará a ele coragem e poder para andar na luz (1Jo 1.7).